REMO FORLANI

COMME CHIENS ET CHATS

DU MEME AUTEUR

ROMANS
LE BÉRET À GROUCHO, LA TABLE RONDE
REVIENS, SULAMITE, LA TABLE RONDE
VIOLETTE, JE T'AIME, JULLIARD
VALENTIN TOUT SEUL, DENOËL
LA DÉGLINGUE, DENOËL
ÉMILE À L'HÔTEL, DENOËL
TOUJOURS VIF ET JOYEUX, DENOËL

AUX ÉDITIONS GALLIMARD
DANS LA COLLECTION FOLIO
VIOLETTE, JE T'AIME, N° 1749
AU BONHEUR DES CHIENS, N° 1534
POUR L'AMOUR DE FINETTE, N° 1628
QUAND LES PETITES FILLES S'APPELAIENT SARAH, N° 2039
PAPA EST PARTI MAMAN AUSSI, N° 1914
TOUS LES CHATS NE SONT PAS EN PELUCHE, N° 2158
GOUTTIÈRE, N°2282
VALENTIN TOUT SEUL, N° 2683
LA DÉGLINGUE, N° 2891
ÉMILE À L'HÔTEL, N° 3598

THÉÂTRE
GUERRE ET PAIX AU CAFÉ SNEFFLE, GALLIMARD
AU BAL DES CHIENS, GALLIMARD
LUNDI, MONSIEUR VOUS SEREZ RICHE, PARIS-THÉÂTRE
MADAME, PARIS-THÉÂTRE
LA NUIT DES DAUPHINS, GALLIMARD
UN ROI QU'A DES MALHEURS, L'AVANT-SCÈNE
LE DIVAN, L'AVANT-SCÈNE
GRAND-PÈRE, L'AVANT-SCÈNE

LIVRES DESSINÉS
DÉPÊCHONS-NOUS POUR LES BONNES CHOSES, TCHOU
MA CHATTE MON AMOUR, RAMSAY
MA CHATTE MA FOLIE, DENOËL
DU BON USAGE DES CHATS, DENOËL
425 CHATS, LEURS CHENS ET AUTRES BESTIOLES, ED. TEXTUEL

ESSAI
LES GROS MOTS, JULLIARD

PAMPHLET
DU PASSÉ FAISONS TABLE RASE, RÉGINE DEFORGES

48, RUE VIVIENNE
75002 PARIS
ISBN : 2-84597-205-9
DÉPÔT LÉGAL : OCTOBRE 2006

REMO FORLANI

COMME CHIENS ET CHATS

textuel

Petit garçon je n'aimais faire que deux choses : des bêtises et des dessins.

Des bêtises j'en inventais à longueur de journées.

Les dessins, pour être sûr qu'ils soient beaux, je les copiais.

Dans les joyaux de ma bibliothèque d'alors _ mes albums de Félix le chat. Un félin malin et follement rigolo.

Mais il était tout noir et blanc. Trouvant ça triste je le coloriais à mon idée.

Depuis je dessine des chats nettement plus réalistes. Et longtemps

MA CHATTE LILI

J'ai cru que j'étais appelé à devenir le Leonardo, le Rembrandt, le Chagall des chats. Et puis non.

Dans son infinie sagesse, Dieu qui a d'abord créé le chat et seulement ensuite l'homme – c'est-à-dire moi –, Dieu a décrété que je ne serais pas un immense artiste. Que sa volonté soit faite. Mais, en toute humilité et "pour le fun", dès que je vois un chat je le croque. Faisant ceci ou cela, allant, venant, mangeant, s'épouillant. C'est toujours croquable un chat. Un chien aussi. Et un piaf, un éléphant... Même un gamin des fois. D'où ce modeste ouvrage.

ET UN CHIEN →

COMME CHATS

C'EST PAS QUE J'AIME LE THÉ.
C'EST QUE J'AIME CE QUI EST DÉFENDU.

À MON AVIS FAUT
QUE TU FASSES
COMME TU AS FAIT
POUR Y ENTRER
MAIS À L'ENVERS.

FAUT JAMAIS SE LAISSER ACCOUTRER, MA PETITE, JAMAIS! ON N'EST PAS DES JOUETS.

HI-HAN!

JE PARLE PAS
MAIS JE FAIS
BIEN SEMBLANT,
HEIN ?

LE MATIN TU TE RÉVEILLES...
ALORS TU T'ÉTIRES...

ET VITE TU VAS... DORMIR AILLEURS.

¡J'OSE
OU
J'OSE
PAS ?

C'EST LES EAUX. VA FALLOIR PRÉVENIR LES PERES.

CÂLINE ILS M'ONT BAPTISÉE, CES CONS. MAIS ILS VONT LE RÈGRETTER. FAITES-MOI CONFIANCE.

GENTIL MINOU, BRAVE PETIT KIKI... JE VAIS VOUS FAIRE VOIR, MOI.

DROGUÉ À MORT
ET PRÉTENTIARD
EN PLUS.
PAUVRE FRANCE!

ON A DEUX "MOI". UN BON
ET UN MAUVAIS. Y FONT
QUE S'AFFRONTER. C'EST
BEAU. MAIS QUAND C'EST
LE MAUVAIS QUI GAGNE
C'EST BEAUCOUP
PLUS
RIGOLO.

LES HUMAINS, LES PERROQUETS, TOUT ÇA ÇA CONVERSE ET NOUS RIEN… ZÉRO.
PENSER QUE LUI IL PENSE MÊME PAS. ÇA ÇA ME TUE.

QU'EST-CE QUE ÇA PEUT AVOIR MAUVAIS CARACTÈRE UN CHAT.
PLUS MAL EMBOUCHÉ QUE LUI TU MEURS.

T'AS BEAU ÊTRE BLANCHE COMME L'AGNEAU, T'ES UNE CHATTE, ALORS TU VAS VOLER, GRIFFER, ÊTRE SOURNOISE... PIGÉ ?

OUI, MA JOLIE,
CE QUI EST TENDANCE
MAINTENANT C'EST
LE MÉTISSAGE.

UNE VOLEUSE JE SUIS.
DANS LA CUISINE..
UN MERLAN TOUT ENTIER.
UN RÉGAL.
MAIS FAUT...
AVOIR L'AIR...
D'UNE INNOCENTE
QU'A JAMAIS
MANGÉ DE MERLAN.

PLUS PRÉCIEUSE QUE LE PLUS PRÉCIEUX DES TRÉSORS : MON ÉCUELLE POUR MON MANGER !

QU'EST-CE QU'IL
FAIT LE CHAT?
RIEN.
IL SE DONNE MÊME
PAS LA PEINE DE
DORMIR. RIEN!
ET C'EST D'UN BON.
MAIS D'UN BON.

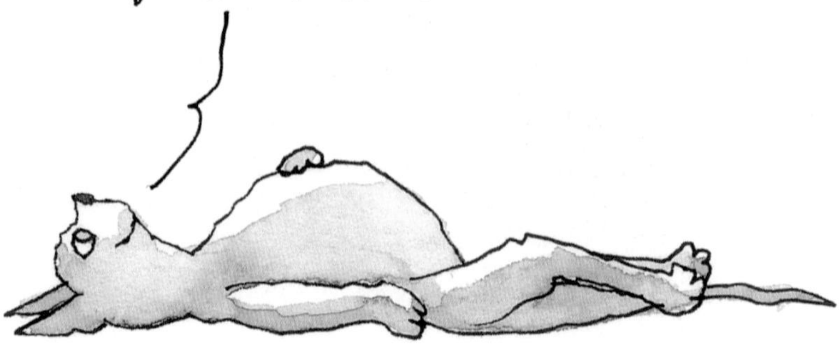

UN CHAT CHAUD LAPIN ÇA T'ÉPOUSTOUFLE, HEIN ?

JE LE VOIS PAS TON CHAT DANS LA GORGE.

T'ENTENDRAS DIRE QU'ON EST LÀ POUR BOUFFER DES SOURIS. FOUTAISE ! ÇA FAIT DES ANNÉES QUE C'EST PASSÉ DE MODE LA SOURIS.

JE CROIS QUE...
JE CROIS QUE...
QUE JE...

QUE JE...
QUE JE VAIS...
QUE JE VAIS...

QUE...

QUE JE VAIS...

ALLER DORMIR.

BOTÉRO TOI-MÊME, PAUVRE CONNARD !

TU COMPRENDS CE QUE JE DIS ?
NON. MAIS ÇA FAIT UN JOLI BRUIT.

UNE PETITE SIESTE, MOI, JE VOIS RIEN DE MEILLEUR.
AH! SI. UN GROS ROUPILLON.

NOS ORIGINES ÇA REMONTE À BIEN AVANT LES CROQUETTES. ÇA REMONTE AU TEMPS DU MOU DE VEAU.

LA GRAND ROUTE, LA NATURE, LE GIBIER, LA NUIT À LA BELLE ÉTOILE, TU VERRAS
ET POUR PIPI ? ON FERA COMMENT ?

DES ROUCOULADES, IL
ME FAIT, DES CLINS D'ŒIL
AMOUREUX... TU ME DIRAS
QUE C'EST UN CANICHE.
MAIS...

PENDANT LA COMMUNE
MÊME DE L'ÉLÉPHANT
ILS ONT MANGÉ. ALORS JE TE DIS
PAS LES CHATS.
NON.
ME LE
DIS
PAS.

VOUS ME REMETTEZ? MARCEL... LE CHIEN PERDU. J'AI PAS DE NICHE, PAS DE FAMILLE, PAS DE GAMELLE. J'AI MÊME PAS DE RACE. QUESTION BAGAGES ÇA FAIT PAS LOURD, HEIN?

C'EST UN CHAT QUI DÉVORE UN RAT...
NON. ON VA DIRE QU'IL BOUFFE UN CHIEN.

ON VA RIGOLER. ON VA FAIRE SEMBLANT DE SE DÉTESTER.
POURQUOI FAIRE SEMBLANT?

SI J'ÉTAIS UN CHIEN J'ARRÊTERAIS PAS DE FAIRE CHIER LES CHATS.

LÀ, TU T'ÉNERVES.
DIS PAS NON.
TU T'ÉNERVES.

ON VA ALLER DANS LA CUISINE
ET JOUER AU PLUS VOLEUR
DES DEUX.

D'ACCORD T'ES PAS UN CHIEN. MAIS UN CHAT N'EST PAS OBLIGÉ D'AIMER TOUS LES CHATS.

CINQ ANS,
PAS COUPÉE ET
TOUJOURS
VIERGE.
J'TE
CROIS PAS.

BEN OUI JE SUIS
VOLEUSE ET
SOURNOISE ET
GRIFFEUSE ET
ROGNARDE ET
BOUDEUSE. ET
J'AIME CE QUE
JE SUIS. ÇA VOUS
LA COUPE, HEIN?

VOILÀ, MAMAN, CHATS ÇA NOUS PLAÎT PAS. ALORS ON VOUDRAIT SAVOIR COMMENT FAIRE . POUR DEVENIR DES CHIENS.

COMME CHIENS

LÀ D'ACCORD J'AI L'AIR D'UNE PELUCHE. MAIS PATIENCE... UN JOUR JE LEUR FERAI SI PEUR QU'ILS ME METTRONT UNE MUSELIÈRE.

JE SAIS, JE SUIS PAS TENDANCE COMME CHIEN. MAIS J'AI UN TRÈS_ BON CARACTÈRE.

CHIEN DE LUXE C'EST FLATTEUR, D'ACCORD.
MAIS ÇA FAIT UN PEU CHOCHOTTE.

ALORS JE DORS ET RÊVE, QUE JE SUIS UN BÂTARD... FÉROCE.

A QUOI ÇA PEUT BIEN PENSER UN CHIEN?
C'EST VRAI À QUOI?
ÇA DOIT PENSER QUE... QUE...

QUE...
QUE...
QUE ÇA PENSE RIÈN DU TOUT.

SE FAIRE COUVRIR PAR UN BASSET ! POURQUOI PAS UN ASTICOT OU UN MOUCHERON TANT QU'ELLE Y ÉTAIT ?

TU SAIS CE QUI LEUR ARRIVE À CEUX QUI ME TRAITENT DE MICROBE?

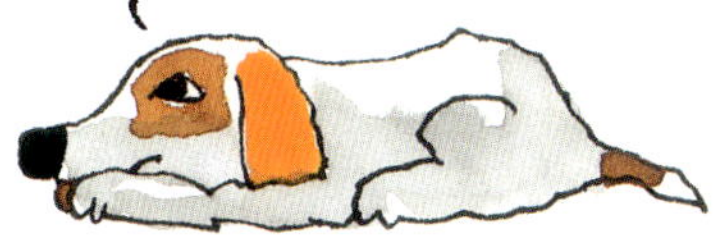
OUAIS MARCEL..
JE FAIS UN PETIT REPOS.
ERRER ÇA USE LES
PATTES.
ON EST PAS MAL
DANS CE LIVRE.
L'ENNUI C'EST QU'ON
Y VOIT TROP DE
CHATS. ÇA DÉPRIME.

UNE LAISSE C'EST FLATTEUR. C'EST COMME UNE CHAÎNE DE MONTRE.
ON LA MET POUR PAS PERDRE CE QU'ON A DE PLUS PRÉCIEUX.

C'EST TRÈS TRÈS FLATTEUR.
MAIS SI UN CON SE MET À TIRER DESSUS...

COMME CHATS ET CHIENS

T'ES PERDU. ON TE RAMASSE. COOL! MAIS Y A L'AUTRE, LÀ.

ÇA LEUR SUFFIT PAS D'ÊTRE CHIENS.
EN PLUS ÇA SE
REPRODUIT !

BIEN SÛR QUE DES ANIMAUX ÇA PEUT ÊTRE MÉLANCOLIQUE.

DÉJÀ QUE ÇA A UNE
DÉGAINE PAS POSSIBLE
MAIS SI EN PLUS, ÇA
RONRONNE...

JE VEUX PAS JOUER LES PESSIMISTES, MÉDOR, MAIS...

CE QUI EST SYMPA AVEC LES CHIENS C'EST QU'ILS SONT TRES JOUEURS.

À LA MÉTÉO ILS ANNONCENT UN TEMPS DE CHIEN. SYMPA, HEIN?

À MON IDÉE, LÀ, C'EST MAL BARRÉ.

À MON AVIS JE LEUR SUIS PAS SYMPA.

ÇA S'APPROCHE,
ÇA SE REGARDE,
MAIS ÇA A RIEN
À SE DIRE.
RIEN.

ILS COMMUNIQUENT PAS. ILS ONT AUCUNE CONVERSATION. ET ILS SONT QUAND MÊME TOMBÉS D'ACCORD POUR ME FAIRE DES MISÈRES !

ÇE NOUNOURS IL EST PAS À MOI. MAIS IL FAUT QU'IL SOIT PAS À LUI NON PLUS.

ET SI ÇA NOUS PLAÎT À NOUS DE PAS ÊTRE COMME CHIEN ET CHAT?

J'AIME PAS LES CHIENS,
J'AIME PAS LES CHIENS.
MAIS LUI IL EST
SI CONFORTABLE.

C'EST UNE CHIENNE. N'EMPÊCHE QUE J'EN SUIS DINGUE!

ET DANS SON SOMPTUEUX CHÂTEAU D'ÉPOQUE LE CHAT BOTTÉ SE GAVAIT DE VIANDES EXQUISES DONT IL JETAIT LES ROGNURES AUX CHIENS.

JE VIENS DE CHIPER ET DE MANGER UN STEAK SI GROS QU'ON POURRA PAS CROIRE QUE C'EST UN CHAT QU'A FAIT ÇA.

CE PATAPOUF FAUT QUE JE M'EN FASSE UN AMI. C'EST PAS QUE ÇA M'EMBALLE. MAIS...

LA SYMPATHIE QUE T'AS POUR MOI TU SAIS OÙ TU PEUX TE LA COLLER ?

CHAT DE CIRQUE
T'AS DES BRAVOS,
D'ACCORD.
MAIS C'EST
TRÈS
ASTREIGNANT.

JE FINIRAI PAR RAMASSER UN GADIN. MAIS, QU'EST-CE QUE JE L'ÉPATE.

CE CHIEN ET MOI ON SE DÈTESTE.

CE CHIEN ET MOI ON SE DÉTESTE TOUJOURS. MAIS ON FAIT SEMBLANT QUE NON.

ÊTRE CHIEN DÉJÀ C'EST PLUTÔT RIDICULE. MAIS ÊTRE CHIEN PAR TEMPS FROID. ALORS, LÀ...

JE VAIS TE DIRE, HONNÊTEMENT, MOI, JE PRÉFÈRE ME LES GELER.

CE, QUI ME DÉPASSE, MOI, C'EST LA BESTIALITÉ.

JE VAIS LUI FAIRE UNE CRASSE. MAIS LAQUELLE ?

MEILLEUR AMI DE
L'HOMME C'EST EXTRA
COMME JOB. EXTRA.
MAIS ÇA FAIT QUAND
MÊME DES SEMAINES
QUE JE COURS LES
RUES ET QUE PERSONNE
M'ADOPTE. C'EST PEUT-ÊTRE
QU'ON ME TROUVE
TROP MOCHE.

FAIRE LE BEAU!
C'EST DU BOULOT
D'ESTHETICHIEN.

LE PHYSIQUE
ON N'Y PEUT
RIEN. MAIS
ÊTRE AUSSI
MÉCHANT
QUE T'ES
MOCHE
PERSONNE
T'Y OBLIGE

LÀ, D'EMBLÉE, JE
LE TERRORISE.
MAIS FAUT QUE
ÇA DURE.
ALORS
SOYONS
FERME.

T'ES LÀ, TU DORS GENTIMENT... L'AUTRE MASTODONTE RAPPLIQUE... SI TU RESTES Y T'ÉCRASE, SI TU LE RÈVEILLES Y TE TUE...

EN CAS D'OCCUPATION
IL Y A QU'UNE
SOLUTION : LE
MAQUIS. ET QUE
ÇA SAIGNE.

À PART ENTERRER DES OS ET ABOYER QUAND ILS VOIENT LE FACTEUR, ILS SERVENT À QUOI, CES MONSTRES ?

ON SE
COMPRENDRAIT
ON SE
DIRAIT
QUOI?

VOUS, LES CHIENS, LA BEAUTÉ C'EST PAS VOTRE TRUC.

LÀ ON BÉTIFIE. C'EST BON. ÇA DÉTEND.

JE SUIS INTÉRESSANT, HEIN ?

QUATRE-VINGT... OU QUATRE-VINGT-DEUX... OU TROIS... SI TU BOUGEAIS MOINS AUSSI.

JE SAIS PLUS COMMENT ON EN EST ARRIVÉ LÀ. MAIS MAINTENANT FAUT QUE ÇA SAIGNE !

IL M'EST TRÈS TRÈS ANTIPATHIQUE. MAIS FAUT BIEN SE FAIRE DES RELATIONS.

SI ÇA SE TROUVE C'EST PAS MA VRAIE MÈRE. SI ÇA SE TROUVE JE SUIS QU'UN ADOPTÉ.

PERSAN, CHARTREUX,
ABYSSIN,... AVEC DES
MATOUS DE TOUTES
RACES J'AI GAMBADÉ.
TU SERAIS MON
PREMIER CHIEN.

DÉJÀ D'ÊTRE UN CHIEN C'EST VRAIMENT PAS LA CLASSE. MAIS, EN PLUS, D'ÊTRE UN CHIEN MINUSCULE...

C'EST UN CHIEN DE GARDE. MAIS DE ME GARDER ÇA LUI PLAÎT PAS.

POURQUOI ON N'AIME PAS LES CHIENS ? JE SAIS PAS. MAIS ON VOUS DÉTESTE C'EST SÛR.

ÇA
ÇA A UN
NOM. ÇA
S'APPELLE
UN CABOT.

COMME CHATS, CHIENS, GAMINES ET GAMINS

QUI M'AIME ME SUIVE.

LE PIRE C'EST
QU'IL SE PREND
POUR QUELQU'UN
CE PISSEUX.

DE TROP CAVALER
AVEC DES CHATS
LES FEMELLES
ÇA LES BALLONNE.

DE VOIR À QUOI ÇA RESSEMBLE UNE PROGÉNITURE ÇA CONSOLE SACRÉMENT D'AVOIR ÉTÉ COUPÉ.

C'EST MIGNON QUAND ÇA DORT. FAUDRAIT PAS QUE ÇA GRANDISSE.

LE PLUS GRAND BIENFAITEUR DES CHIENS ET DES CHATS C'EST CELUI QUI INVENTERA LE VACCIN ANTI ENFANTS.

ET ON N'OUBLIE PAS CE QU'ON A PROMIS À MAMAN : PAS DE MISE À MORT.

LE SAFARI C'EST VRAIMENT UN JEU DE CON.

UN SUCRE!
JE RÊVE.

LES ENFANTS C'EST
GENTIL COMME TOU
PARAMOUR
ÇA
VOUS TUERAIT.

DE VRAIS PETITS ANGES LES GAMINS. NON CONTENTS DE VOUS CHÉRIR ILS VOUS POUPOUTENT, VOUS BICHONNENT.

LES TOUT PETITS FAUT LES REBUTER D'EMBLÉE. SANS ÇA T'ARRIVES PLUS À T'EN DÉPÊTRER. MAIS C'EST SI BÊTE QUE ÇA SAIT MÊME PAS AVOIR PEUR.

C'EST NET, CE PETIT PISSEUX A UNE DENT CONTRE MOI.

IL ME FAIT PAS DE MISÈRES, JE LE GRIFFE PAS. MAIS ON N'EN PENSE PAS MOINS.

TRÈS GENTILLE CETTE FILLE. MAIS... Y A UN MAIS.

OBÉIR ... PAS ABOYER ... PAS FAIRE LE FOU. ELLE RÊVE LA GAMINE.

NO
COMMENT!

SI IL SE FIGURE QU ON VA GAGNER DES COURSES IL VA AU DEVANT DE CRUELLES DÉSILLUSIONS.

MALHEUREUX IDIOT QUI NE SAIT PAS QU'UN CHAT N'A AUCUNE MÉMOIRE DES CHÂTIMENTS — FUSSENT-ILS FÉROCES — QU'ON LUI INFLIGE. AUCUNE.

ÇA S'AMUSE VRAIMENT.
D'UN RIEN LES HUMAINS.

LES CHIENS, MA COCOTTE, ÇA A DES ÂMES DE FLICS. FAUT LE SAVOIR.

JE DÉTESTE LES MANIÈRES DE CE CHIEN!

LE CAPITAINE GALAXOS VA TE DÉSINTÉGRER, TERRIEN.
IL EST D'UN CHIANT CE MÔME.

EN ADMETTANT QUE ÇA PENSE, LES CHIENS ET LES GAMINS, ÇA DOIT PAS VOLER BIEN HAUT LEURS IDÉES.

D'HABITUDE LES CHATS C'EST BEAU, C'EST GRACIEUX. MAIS TOI AVEC TA TRONCHE TU VAS VRAIMENT FAIRE PEUR AUX SOURIS.

QUELQU'UN QUI
VOUS ADORE
EST FORCÉMENT
ADORABLE.
C'EST
MATHÉMATIQUE.

ÇA ME FAIT
SACRÉMENT
PLAISIR DE
VOIR QUE TU
T'ES TROUVÉ
UN CHIC
COPAIN.
SACRÉMENT.

PLUS JE VOIS LES GENS MOINS JE LES AIME. MAIS JE SUIS UNE PAUVRE PETITE CHATTE PERDUE. ALORS JE VAIS FAIRE MA GRACIEUSE.

GOULU, PAS PARTAGEUR, FAINÉANT, HYPOCRITE… ENCORE UN JEUNOT QUI POURRAIT ÊTRE CHAT SI IL ÉTAIT PLUS JOLI.

VOIR UN ANIMAL QUI SE LAISSE ÉDUQUER ÇA ME DÉBALLE.

C'EST TOUJOURS MARCEL ET JE SUIS TOUJOURS PERDU. MAIS, COMME ÇA, J'AI PERSONNE POUR ME FAIRE LA MORALE SI JE FAIS MES BESOINS LÀ OÙ IL FAUT PAS OU SI JE CHIPE DU MANGER. ET PUIS JE VOIS DU PAYS. ET PUIS C'EST COMME ÇA C'EST COMME ÇA.

ON VA SE MASSACRER. DOMMAGE. LA PETITE ELLE ME PLAÎT VACHEMENT.

TEL PÈRE TEL FILS,
HEIN?

EN PLUS D'ÊTRE CHATTE DE GOUTTIÈRE JE SUIS CHATTE DE BANLIEUE. ÇA FRISE L'EXCESSIF.

LES GOTHIQUES, COMME CHATS, ÇA A DES RATS.
ÇA CRAINT.

ÇA C'EST UN CAUCHEMAR. JE RÊVE QUE JE VIS AVANT L'INVENTION DE LA S.P.A.

Y SE DÉGOTERAIENT UN BALLON DE FOOT ÇA SERAIT MIEUX ET POUR EUX ET POUR MOI.

ÊTRE PRISE POUR UNE ZIBELINE C'EST D'UN CHIC FOU.
BIEN SÛR Y A LE CÔTÉ DÉPOUILLAGE...

DÉJÀ FAIRE UNE GRÈVE DE LA FAIM, C'EST L'HORREUR, MAIS SI, EN PLUS, LES GENS PIGENT PAS QUE C'EN EST UNE ET POURQUOI TU LA FAIS...

CE GENRE, VRAIMENT !

JE TROUVE ÇA MALSAIN.

LES RATS, LES CAFARDS, LES POUX, LES CANCRÉLATS, LES COCHONS, LES SANGSUES, ... ON LES LAVE PAS... AUCUN ANIMAL ON LAVE. SAUF LES CHIENS. SI ÇA C'EST PAS UNE MALÉDICTION!

DANS LE TOILETTAGE T'AS DÉJÀ LE LAVAGE ET LE RINÇAGE QUI SONT DEUX FAMEUSES SALOPERIES ... MAIS ALORS LE SÉCHAGE ...

ZOOPHILE!

LE PIRE DU PIRE C'EST À LA BELLE SAISON QUE ÇA T'ARRIVE. UN MATIN ON TE DIT : "LE MIMI IL VA ALLER SE REFAIRE UNE BONNE SANTÉ AU GRAND AIR" ET ON TE BOUCLE DANS UNE SALETÉ DE CAGE ET ON TE TRANSBAHUTE ET... C'EST HORRIBLE !

COMME CHATS, CHIENS
ET AUTRES CRÉATURES DU BON DIEU

ON A MANGÉ TOUS LES OISEAUX, LES FEUILLES SONT TOMBÉES. C'EST D'UN TRISTE!

EN PÂTÉ C'EST MOINS SPECTACULAIRE MAIS C'EST VACHEMENT BON.

CHIEN DE CHASSE ! TU PARLES. MÊME MON CANARD EN PLASTIQUE ÇA ME RÉPUGNE D'Y TOUCHER.

DU PERROQUET JE POURRAIS
PAS EN MANGER. J'AURAIS
PEUR QUE ÇA ME DISE
DES MÉCHANCETÉS DANS
LE VENTRE.

CUI. CUI. CUI. CUI
LES CROQUETTES C'EST PEUT-ÊTRE MOINS SUCCULENT MAIS, AU MOINS, ÇA BRAILLE PAS.

DANS PAS LONGTEMPS
JE SERAI GRAND ET
DES OISEAUX J'EN
TUERAI POUR LES
BOUFFER.

LA VOLAILLE IL M'ARRIVE D'EN MANGER. C'EST D'UN BON. TU PEUX PAS SAVOIR

SI C'EST ÇA LE MONDE AUTANT ALLER VIVRE AILLEURS.

POUR CROQUER
L'OISEAU FAUT
OUVRIR LA GUEULE.
SI LA GUEULE S'OUVRE
L'OISEAU S'ENVOLE.
SACRÉ SUSPENS!

CE QU'ON MANGE À LA MAISON EST TRÈS BON... ALORS... CAVALER APRÈS UN CONNARD DE BESTIAU...

FAUDRAIT QUE JE PENSE QUELQUE CHOSE. MAIS PENSER JE SAIS PAS. PAS ENCORE.

ON FAIT UN BOUT DE ROUTE ENSEMBLE MAIS RIEN DE PLUS. O.K.?

VAUT MIEUX ÇA QUE DES PUCES. MAIS QUAND MÊME...

J'AI PEUR DES SOURIS, J'AIME PAS LA VIANDE, JE DÉTESTE FAIRE PIPI DANS DE LA LITIÈRE. COMMENT FAUT FAIRE POUR DEVENIR OISEAU ?

CHIEN RATIER...
PAS RAT.
T'ES SÛR ?

LA SOURIS Y A PAS PLUS DÉLICIEUX. MAIS C'EST TOUT PETIT, ÇA TIENT PAS AU CORPS. TANDIS QUE LE RAT...

TU LE PRENDS MAIS TU ME LAISSES LE FAUTEUIL DU SALON POUR UN MOIS.
O.K.?

POURQUOI JE TE DÉTESTE? PARCE QUE LES CHATS MANGENT LES RATS, QUE JE SUIS UN CHAT ET QUE J'AIME PAS LE RAT. PIGÉ?

UNE SOURIS ! ÇA FAIT TROIS ANS QU'ON N'EN A PAS VU.

DES RATS, NOUS, ON EN A VUS QU'À LA TÉLÉ. ÇA A L'AIR TRÈS MIGNON.

VOUS SAVEZ QUOI ?
EH BIEN JE SUIS HEUREUX
PARCE QUE JE SUIS LE
SEUL CHIEN AVEC UNE
PATTE PAS COMME LES
TROIS AUTRES ET LES
OREILLES ORANGE ET
UN NOM RIDICULE. OUAIS
JE SUIS MARCEL LE
CHIEN PERDU
ET ÇA ME
VA.

PAS EN MANGER ADMETTONS. MAIS DE LÀ À COPINER...

DANS MA VIE AVANT D'ÊTRE CHAT J'ETAIS BANQUIER. ET TOI?
C'EST FLOU. IL ME SEMBLE QUE J'AVAIS UN BOULOT DANS LE CINÈMA.

D'ACCORD, QUAND JE BÂILLE JE SUIS TRÈS VILAIN. MAIS VOUS ... MÊME QUAND VOUS BÂILLEZ PAS ...

T'AS DES RAYURES J'EN AI PAS. MAIS À PART ÇA ON EST KIF-KIF, NON ?

QUAND JE SERAI GRAND JE SERAI UN GRAND FAUVE ET TOUT LE MONDE AURA LA TROUILLE.

C'EST PAS QUE JE SOIS RACISTE ... MAIS...

MEUH!

SOUVENT JE ME DEMANDE À
QUOI ÇA ME SERT D'ÊTRE
TELLEMENT TELLEMENT
INTELLIGENT.

OUTILLÉ COMME
ÇA ON DOIT
POUVOIR
S'OCCUPER
DES
CHAUVES-SOURIS.

SI ELLE DISPARAÎT VRAIMENT VOTRE ESPÈCE ÇA VA FAIRE UN DRÔLE DE VIDE.

L'EXOTISME JE VEUX BIEN. MAIS TOUT DE MÊME...

SALUT. C'EST MOI. MOI MARCEL. TOUJOURS CHIEN. MAIS PLUS PERDU. ON M'A TROUVÉ. ELLE SE NOMME ZAZA. ET JE L'ADORE. VOILÀ.

ACHEVÉ D'IMPRIMER EN JUILLET 2006 SUR LES PRESSES DE L'IMPRIMERIE GRAFICHE MILANI, MILAN. DÉPÔT LÉGAL : OCTOBRE 2006 IMPRIMÉ EN ITALIE
PHOTOGRAVURE : ALÉSIA STUDIO, FABRICATION SYLVIE BLANCHETTE, FAB@EDITIONSTEXTUEL.COM